ミオととなりの
Mio and the Mermaids
マーメイド

パーティーは海のお城で。

ミランダ・ジョーンズ 作
浜崎絵梨 訳
谷 朋 絵

Special thanks to Julia Rawlinson.
ジュリア・ローリンソンに感謝をこめて

MIO AND THE MERMAIDS
BOOK TWO : THE QUEEN'S BIRTHDAY BALL
by Miranda Jones
Copyright © 2017 by Working Partners Ltd.
Japanese translation published by arrangement with
Working Partners Limited through The English Agency
(Japan) Ltd.

Sandy Cove's Map
サンディ・コーブの地図

ブレスレット・
コーブ
Bracelet Cove

海の王国
Mermaid's Kingdom

カフェ
＜マーメイド・ソング＞
"The Singing Mermaid"

サンディ・コーブ
Sandy Cove

コールド・ハベン
Coldhaven

N W E S

Characters
登場人物紹介

サンディ・コーブへようこそ！
わたしはミオ。海辺のカフェ〈マーメイド・ソング〉の二階に、ママとすんでいるの。

この夏休みは、とっておきのひみつができちゃった。だれにもいっちゃだめだよ？ わたしね、ルナっていう名前の、人魚のプリンセスと友だちになったの。

しかも……。
ルナからもらったくしで髪をとかすと、わたしも、ほんものの人魚になれちゃうんだ！
びっくりでしょ？ しんじられない？
でもね、ほんとのことなの。

きょうもルナに会いたいな。
人魚になって、海の王国へ行きたい！

ミオ・ハート
海が大すきな、この本の主人公。
魔法のくしで人魚に変身できる。

　ここは、きらめく海の中。やわらかな日の光をあびながら、ミオは人魚たちと、気もちよく泳いでいます。

　もっと、もっとはやく！

　スピードをあげて、波間をぬうようにすすんでいくと、とつぜん、目のまえに大きな岩があらわれました。

「わっ！　ぶつかる───」

　身がまえたしゅんかん、ミオはベッドの上で、はっと目をさましました。

　夢か……。

　手には、ピンク色の大きなホラ貝をにぎりしめています。海が大すきだったパパにもらった、ミ

オのたからものです。そっとなぞると、表面が朝焼けのようにかがやきました。

　ミオはベッドわきにおいてある、パパの写真を見つめました。

　写真の横には、きれいなくしがあります。

　これは海辺で髪をとかすと、ほんものの人魚に変身できる、魔法のくし。ミオはこのあいだ、ルナという名前の人魚のお姫さまと友だちになって、このくしをプレゼントされたのです。

　三年前になくなったパパなら、そのことを信じてくれたでしょう。

「でも、ほかのみんなはどうかな……？」

　ミオはそっとため息をつきました。

　ふと、こうばしいかおりが、一階のカフェから

　ミオの二階の部屋まで、ただよってきました。
　もうすぐ九時。ママのカフェ〈マーメイド・ソング〉が開店する時間です。夏休みのあいだ、ミオは店を手伝っています。開店前が一日の中で一番いそがしいのです。
　ベッドからとびおきると、ミオは水着の上にイ

ルカもようのTシャツと黄色いデニムショーツを着て、貝がらのヘアクリップで髪をとめてから、一階までかけおりました。

「おはよう！」

「おはよう、ミオ」

　ママは焼きたてのカップケーキを調理台へはこんでいます。

「ケーキがさめたら、またデコレーションしてくれる？　きのうミオがつくったヒトデカップケーキ、パンケーキとおなじくらい売れたの」

「ほんとに？　やったね！」

　ミオはアイシングで絵をかくのがとくいです。カップケーキのまえに立ち、きょうはどんなデコレーションにしようかなやみます。

人魚をかいてみたいけど、色をたくさんつかうからな……。イルカなら、うまくかけるかも。
　カップケーキは、まだ熱いので、先にブラウニーを型からとりだします。ママを手伝いながら、ミオは大すきな歌を口ずさみました。

　♪いっしょにくらそう　海の底
　　あなたとハッピー　いつまでも……

　おばあちゃんにおしえてもらった、人魚と漁師のラブソング。うたいながらミオは、ルナのことを思いうかべました。
　きょうも海の王国にあそびにいけたらなあ。ルナと友だちになって、人魚の王さまにまで会えた

なんて、今でも夢みたい……。

　ぼんやり考えごとをしていると、ミオがおとしたブラウニーのかけらを、ママがひろってくれました。

「ミオったら、心ここにあらずね。天気もいいし、あそびにいきたいんでしょ？」

　ママはウインクしました。

「わかったわ。あとは、まかせて。きょうはケイトリンと、ビーチでゆっくりしてきたら？」

　ママは前髪を横にながし、エプロンのすそをはらうと、「ほら、いってらっしゃい」と、ミオの背中を軽くおしました。

「ほんとにいいの？　じゃあ、わたし、ちょっとブレスレット・コーブにいってくる！」

とたんに、ママの顔がくもりました。
「ミオの親友がハーレイとスカーレットなのは、知ってるわ。でも今は、ふたりともバケーション中でしょ？　ほかの友だちともあそばなくちゃ」
　ミオはママに近づき、ギュッとだきしめました。
「だいじょうぶ。友だちなら、たくさんいるから」

ママがしぶしぶうなずくと、ミオは朝ごはん用にチーズとトマトのラップサンドをつくり、部屋からもってきたリュックサックにつめました。あとは、水とバナナとブラウニーをいれたら、じゅんびオーケー。もちろん、ルナにもらった魔法のくしも、もっていきます。
　ルナ、今からいくよ！　まってて！
　家をでようとしたとたん、ミオはルナとのやくそくを思いだしました。
　そうだ。おみやげに、マシュマロをもっていくんだった。
　あわててキッチンへもどり、マシュマロをひとふくろつかむと、こんどこそ外へとかけだしました。

丸石がしきつめられた坂道をくだりきると、すぐ港です。
　青い海に、まぶしい太陽。空をとびかうカモメたち。ミオは手で日ざしをさえぎり、潮のかおりをふくんだ空気をたっぷりすいこみました。
　砂利がしかれた防波堤のそばには、こわれてしまったミオのヨット〈シーシェル号〉がおかれています。黄色いヨットのそばに、長い人影がのびているのが見えました。
　あ、おじいちゃんだ！
　船底をのぞきこみ、シーシェル号を修理しているようです。
「おじいちゃん、おはよう！」
　ミオの声に気づいたおじいちゃんは、大きく手

をふりました。そばへ走りより、ミオもヨットをのぞきこみます。
「なおりそう？」
「ああ。もうじき海へもどれるぞ」
　シーシェル号の船底にあながあいてしずみかけたとき、ミオをたすけてくれたのが、人魚のルナでした。そこで、ふたりは友だちになったのです。
　ルナのこと、おじいちゃんにも話したい。でもこれは、ひみつにしておかなくちゃ……。
「おじいちゃん、なおしてくれてありがとう」
「なあに、いいってことよ」
　おじいちゃんにハグをして、「あそびにいってくるね」と手をふり、ミオは港をあとにしました。
　漁師や観光客でにぎわう港では、人目につくの

で、魔法のくしをつかえません。でも、ブレスレット・コーブのほうなら、だれもいないはずです。

　岩場の水たまりをよけながら軽い足どりですすんでいくと、小さなカニを見つけました。あわてて岩かげにかくれたカニに、ミオはやさしく話しかけます。

「こわがらなくて、いいよ」

　それから、はやる気もちをおさえきれず、走りだしました。

　ブレスレット・コーブにつくと、長い砂浜を見わたします。遠くに犬が一ぴきいますが、人影は見えません。

　岩場のかげにリュックをおき、水着になると、つめたい風がほおをかすめました。

朝はまださむいな。海の中は、あたたかいといいけど……。

魔法のくしを日にかざすと、表面の色がチェリーピンクからライムグリーン、そしてマリンブルーにかわります。

耳もとに近づけると、今にもルナの声がきこえてきそうです。

　くしと、おみやげのマシュマロが入ったふくろをにぎりしめ、ミオは砂の上を歩きだしました。波うちぎわに近づくにつれ、砂が水をふくみ、どんどんかたくなっていきます。

　パシャンッ！

　つま先がつめたい海水にふれたとたん、思わずぶるっとふるえました。そのまま、ゆっくり海に入って胸までつかり、もう一度あたりを見まわします。

　だいじょうぶ、だれにも見られてない。

「ルナ、今からいくね！」

　大きく息をすい、ミオは魔法のくしで髪をとかしました。とたんに、金色の水しぶきがまいあがり、体がこまかいあわにつつまれていきます。海の王国にたぐりよせられるように、ミオは底へ底へとおちていきました。

　ゆっくりひとみをひらくと、光のベールにつつまれた、エメラルドグリーンの世界が広がっていました。

　なんど見ても、きれい。それに海底のほうが、あたたかくて、きもちがいい！

　ミオは自分のすがたを見て、にんまりしました。ピンク色のきらめく尾びれ。アップルグリーンの

海草でできた、キャミソール。ビーズのような小石がたくさんあしらわれ、細いフリンジが波にゆれています。サイドのポケットには、マシュマロも入りそうです。

「ほらね、やっぱり夢じゃない。わたし、また、ほんものの人魚になってる！」

尾びれをふるたびに、砂がキラキラとまいあがります。砂地を見ると、小さな黒いひとみと目があいました。

「あ、ヒラメだ！」

ミオはパパの話を思いだしました。

たしか、ヒラメは海底で横たわるから、両目がかたほうによっているんだよね。
　となりにねそべると砂けむりがあがり、ミオはぎゅっと目をつむりました。すこしして目をあけると、さっきまでいたはずのヒラメがいません。
　あれ、どこにいったの？
　見まわすと、まだらもようのヒラメは砂をかぶり、海底と見わけがつかなくなっていました。
「かくれんぼをしたら、あなたが世界一だね」
　ミオはヒラメに手をふり、先にすすみます。しばらくいくと、ピンクとモスグリーンの海草のしげみが見えてきました。
　横切ると、海草がゆらゆらと肌をかすめます。そのまま、くるりと宙がえりをして、さらに深く

もぐっていくと、海水が大きく波うち、体がふわっとうきあがりました。

わあ、おもしろい！

風にのるカモメのように、なんども波にのってみます。

けれど、ここであそびつかれてしまっては、ルナに会いにいけません。ミオはわれにかえり、またまっすぐ泳ぎだしました。行く手にごつごつした岩が見えてきます。たなびくコンブが、まるでねこのしっぽのようにゆれています。その先に、バラ色とさくら色の海草群が広がっていました。

そうだ、ブーケをつくって、ルナにプレゼントしよう。

そう思って近づいた、そのときです。

バラ色の海草が大きくゆれました。
　なんだろう？　気をつけなきゃ。
　おそるおそる近づき、海草の中をのぞきこむと、なにかがもそもそと動きました。
「えっ？」
　目にとびこんできたのは、ぴょこぴょこ動く平たい足。黒と茶色がいりまじった、たまご型の顔。
　これって……カメ？

どうやら海草にからまってしまったようです。足をバタつかせ、つぶらなひとみでミオをかなしそうに見つめています。

「かわいそうに。たすけてあげるね」

　ミオは海草をつかみ、引きぬこうとしましたが、手がすべってうまくいきません。

　だめだ……。でも、がんばれば、ほどけるかもしれない。

　まえかがみになったとたん、

「そこで、なにやってんだ？」

　ききおぼえのある声がひびき、ミオはふりかえりました。ブロンドの髪に、ブルーのひとみ。腕をくみ、ミオをにらんでいたのは人魚の少年、ジンクスです。

　ジンクスとは、まえにミオが人魚の世界にきたときに、会ったことがあります。ルナとおなじ王国にすんでいるのです。ふいに、ミオははじめてジンクスに会ったときのことを思いだしました。
　そうだ、このひと、すごく失礼だったんだ！ニセモノのサメでおどかしたうえに、わたしの顔を見て、フグみたいとかいって。

思いだすだけで、顔がほてります。
　ジンクスはミオを見て、まゆをつりあげました。
「おまえ、ひとりか？　なに考えてんだよ。こんなところで、あぶねえだろ？　やっぱりスパイかよ」
「ちがうよ！　わたしはただ、べつの入り江からきたの」
　ミオはくちびるをかんで、うつむきました。
　スパイだなんて……。なんどもちがうっていってるのに。そんなに、わたしのこと、信用できないの？
　カメがまた、前足をパタパタ動かします。ミオはいそいでむきなおり、ジンクスにいいました。
「このカメをたすけたいの。海草にからまってて」

ジンクスもカメに近づき、コンブの根もとや、からまった部分を調べはじめました。
「ずいぶん複雑にからまったな。よし、おまえはカメをおさえとけ」
　ジンクスが腰からマテガイでできた短剣を引きぬくと、カメはちぢみあがりました。
　スパッ！
　コンブが根もとから切りおとされ、自由になったカメは、ジンクスの胸にとびこみました。涙をうかべ、口をパクパク動かしています。
「ありがとうって、いってるんじゃない？」
　ミオがほほえむと、
「たいしたことしてねえよ」
　ぶっきらぼうにいいながら、ジンクスはカメを

やさしくなでました。
「もう、すきなところへ、いけよ。こんどは、気をつけろよ」
　けれども、カメはジンクスからはなれようとしません。ミオがこうらをなでようとすると、カメはジンクスの尾びれのうしろに、さっとかくれてしまいました。
　そのようすを見て、ミオはおじいちゃんが話してくれたむかしばなしを思いだしました。

「ねえ、漁師がカメをたすけた話、知ってる？」

「いや、きいたことない」

「カメは、たすけてくれたおれいにって、漁師を竜宮城へしょうたいするの。いい話でしょ？」

「おまえ、竜宮城へいきたいのか？」

「うん、できることならね。きれいなお城、見てみたいもん」

　ジンクスは鼻をこすりました。

「それなら、おれが海の王国へつれてってやるよ。こっちにも城があるからな。あと、ルナに会いたいだろ？」

「うん、ありがとう！」

　ミオの顔がぱっとあかるくなると、ジンクスの耳がほんのり赤くなりました。

「おまえをひとりにすると、またトラブりそうだし」

「トラブったのはカメさんでしょ？」

　ミオは口をとがらせます。

「でも、ほんと、たすかった」

　ミオがにっこりすると、ジンクスは「じゃあ、ちゃんとついてこいよ」と、尾びれを大きくふりました。

　よかった。スパイのうたがいは晴れたみたい。

　ミオは、ジンクスの背中をおいかけながら、ほっと胸をなでおろしました。

　だけど……もし、わたしがほんとうは人間だってことをジンクスが知ったら……。どうなっちゃうんだろう？

ジンクスとはぐれないように、ミオがひっしに泳いでいると、なにかがおいかけてくる気配を感じました。

気のせい？

うしろをふりかえると、海草のしげみがやけに大きくゆれています。

ううん、やっぱり、なにかいる。

すると、まいあがった砂けむりの先に、さっきのカメのすがたが見えました。岩かげに身をひそめ、ミオたちのようすをうかがっています。

「なんだ、カメさんだったの」

ミオが手をさしだすと、カメはもじもじして、はずかしそうにかくれました。

「こんどはなんだよ?」
　ジンクスが引きかえし、イライラと尾びれをゆすります。
「おれだってひまじゃないんだ。まいごのチビガメに、いつまでもかまってらんねえよ」
　ジンクスはカメを見るなり、「しっしっ」と、手でおいはらいました。
　ところが、それを見たカメは、ジンクスのほうへまっすぐ泳いでいきます。そして、はにかみながら、左の前足をさしだしました。
「わあ、あくしゅしようとしてる!　あ、ジンクスが手まねきしたと思ったんじゃない?」
　ミオはプッとふきだしそうになりましたが、カメの前足を見るなり、顔をくもらせました。

「この子、けがしてる……」
「マジか。ちょっと見せてみろ」
　ジンクスはかがんで、心配そうにカメの前足をとりました。
「ほっとくと、まずいな。サントスさんのところで手当てしてもらったほうがよさそうだ」
「サントスさん？」
「ああ、薬屋のあるじだ」
　ジンクスがそういってつかまえようとすると、カメはひらりと身をかわして、さそうように前足をパタパタ動かしました。まるで、おにごっこをしているようです。砂けむりをあげながら、ジンクスはカメをおいかけます。
「ったく、おれはこんなとこであそんでるひま、

ないんだぞ！」

髪についた砂をはらい、ジンクスはさけびました。

「おいかけないで、はなれてみたら？　そうしたら、ついてくるかも」

ミオのアイディアに、ジンクスがうなずきます。

「よし、ためしてみようぜ」

ふたりがゆっくり泳ぎはじめると、思ったとおり、カメはおいかけてきました。ふりかえるたび、カメはあわてたようすで、近くの岩かげにかくれます。

深く深くもぐるにつれ、あたりは、たそがれどきのようにうすぐらくなっていきました。

わたし、今どこにいるんだろう？

ミオがドキドキしてきたころ、行く手に、まっ赤な海草におおわれた丘が見えてきました。

　ここ、見おぼえがある。たしか、この先が海の王国……。

　丘のてっぺんまでのぼり、海草のしげみのおくをのぞくと、そこには目がさめるような美しい町が広がっていました。

　海草のじゅうたんにおおわれた、なだらかな山肌。はりめぐらされた砂の小道。スポットライトのようにさしこむ日ざしに、あわい光をはなつピカリン魚のむれ。人魚たちは、色とりどりの貝や海草をかかえ、いそがしそうに泳いでいます。

　なんど見ても、おとぎばなしの世界みたい！

　斜面にそってくだり、道なりにすすんでいくと、

まえにルナといっしょにいった、エレナのデザイン工房が見えてきました。まどからチラッとのぞくと、エレナは子どもたちといっしょに、貝がらのリースをつくっていました。

　さらに先へ泳いでいくと、大きな岩でできた建物が見えます。

「あれが、サントスさんの薬屋だ」

　ジンクスがそういって、うしろをふりかえりました。さっきのカメは、ちゃんとついてきています。もうかくれたりせず、こちらへまっすぐ泳いできます。ジンクスはため息をつくと、カメをだきかかえました。

「こいつ、よくここまでおいかけてきたなあ」

　どこかほっとした顔をして、ジンクスはカメの

あごをなでました。ミオはにんまりしました。

　ジンクスったら、赤ちゃんをだっこしているみたい。ぶっきらぼうだけど、カメのこと、ずっと心配していたんだね。

「ありがとう。わたしひとりだったら、この子をたすけられなかったと思う」

　ミオがおれいをいうと、ジンクスは、「べつにいいって」と、ぼそっとつぶやきました。

「だけど、おれ、ほんとに時間ないんだ。今夜は王妃のバースデーパーティーがあるから、手伝うようにいわれてる。かざりにつかう、白い海草をさがさないと」

「うん、わかった。だいじょうぶ、お城への行き方は、サントスさんにきいてみるから」

ジンクスはミオにカメをあずけました。
「それじゃ、こいつのこと、よろしくな」
　そういいのこすと、ジンクスは宙がえりをして、泳ぎさっていきました。カメはジンクスをおいかけようと、ミオの腕の中であばれています。
「だいじょうぶ。また、あとで会えるよ」
　ミオはカメをなだめると、海草のカーテンがかかった入り口に目をやりました。
　とびらもドアノブもないけど、中に入っていいのかな？
　おそるおそるカーテンをくぐると、中はほのぐらく、ひっそりしていました。岩かべには、たながそなえつけてあり、おもしがのった海草や石ばちがならんでいます。ひんやりして、とてもしず

かです。

　あたりを見回していると、うしろからわらい声がきこえました。ミオがふりかえると、そこには、ふたごの人魚の女の子がいました。

「お客さん、こんにちは！　あたしは、ケリー」

「わたしは、ロリー」

「見て、これ新しいドレスなの。にあう？」

「にあう？」

　ふたりが首をかしげると、短い栗色の髪がふんわり波にゆれました。

「うん、すごくにあうよ」

　ミオがこたえると、ケリーとロリーは、またかわるがわる話しだしました。

「きょうは王妃さまのバースデーパーティーがあ

るの!」

「あるの!」

「おねえさん、ダンスは、すき?」

「すき?」

　ミオはまばたきしながら、「うん、すきだよ」と、こたえます。

「名前、なんていうの?」

ケリーが、たずねます。
「わたしは、ミオ」
「ミオ！」
　ふたごは声をあわせてにっこりし、とつぜんミオにとびつきました。
「わっ！　カメさんが、びっくりしちゃうよ」
　とたんに、ケリーとロリーが目を見ひらきました。
「カメがいるの？　見たい、見たい」
　ジャンプするふたりに、ミオはかがんで、カメを見せました。
「この子、けがしてるの。サントスさんにみてもらいたくて」
「あっ、パパのことね。まかせて！」

ケリーがよびかけると、店のおくから人魚の男のひとがでてきました。グレーのひとみに、緑色の尾びれ。おだやかで、やさしそうです。
「どれどれ、ちょっと見せてもらえるかい？」
　サントスさんがカメをだきあげると、近くにいたピカリン魚たちが光をあてました。
「ふむ、足をけがしているね」
　サントスさんは、うす緑色のぬり薬をとりだし、カメの傷にそっとぬりました。
　ミオがカメの頭をなでると、
「ねえ、この子の名前、なんていうの？」
と、ケリーがたずねました。
　カメの名前？　うーんと……。
　あごに手をあて、考えます。

「そうだ、パールがいいかも！」

ミオが声をあげると、ふたごは口をそろえ、「パール？」と、小首をかしげました。

「そう。パールって真珠のこと。カメのこうらは真珠みたいに、つるつるでしょ？　それに真珠は、からの中にかくれてるの。このカメさんは、すごくはずかしがりやだから、ぴったりだよ」

ミオが説明していると、サントスさんが店のすみのゆりかごをさして、いいました。

「あそこでパールを休ませていくといいよ」

ミオはうなずいて、

パールをゆりかごにのせました。やわらかい海草のもうふをかけてから、ケリーとロリーにたずねます。

「わたしね、ルナに会いにいきたいの。よかったら、お城につれていってもらえないかな？」

「いいよ！　わたしたちも、お城にいこうと思ってたの。あっちにママがいるから」

「ありがとう。えっと……、ごめんなさい、あなたはケリー、それともロリー？」

「もちろんロリーよ。ひと目でわかるでしょ？わたしたち、ぜんぜんにてないもん」

　ロリーは髪を耳にかけ、まえにすすみでました。

「こっち。案内するよ」

　ふたりはミオの手をとり、砂の小道にそって泳

ぎだしました。
「お城はすっごく大きいの。とーっても、きれいなんだよ！」
　ケリーがとくいげにいうと、ロリーもつづきます。
「今夜は、国中のみんなが王妃さまのバースデーパーティーにまねかれているの！」
「すてき。わたしもいってみたいなあ」
　ミオはうっとりしました。
　海のお城でひらかれる、人魚たちのパーティー。想像するだけで、ワクワクします。
　ルナといっしょにいけたら……すごく、たのしいだろうな。

　ケリーとロリーにつれられて、ミオは海の王国の中を泳いでいきました。町の中心部に近づくにつれ、大きなアーチ形の門が見えてきます。そのおくに、虹色に光る城がありました。

　七色の花があしらわれた城壁。出まどでゆれる海草のカーテン。城の両わきには、ピンクやゴールド、ライトグリーンのサンゴにおおわれた塔がいくつもそびえ、てっぺんには白い雲のようなあわがうずまいています。

　海の中に、こんなお城があるなんて……！

　ミオが見とれていると、小さな小魚のむれが、門をさっとくぐっていきました。三人もあとにつ

づき、城にむかってまっすぐ泳いでいきます。
　真珠色の正面とびらにたどりつくと、サンゴでできたドアわくに、目がくぎづけになりました。タツノオトシゴのもようがていねいにほどこされ、とてもりっぱです。
　ケリーがミオのほうをむいて、いたずらっぽくいいました。
「ここからは、目をとじて。お城の中に入るよ」
　いわれたとおり目をつむり、ふたりに手を引かれながらすすみます。
「まだ、あけちゃだめ」と、ケリー。
「あともうすこし」と、ロリー。
　三分ほど目をつむると、ケリーがうれしそうにいいました。

「あけていいよ！　せーの、はい！」
　かけ声にあわせて目をあけたミオは、息をのみました。いつのまにか、宝石箱のような大広間にいたのです。

天井は高く、ぴかぴかにみがかれたゆかに、七色に光る壁がめぐらされています。城の中はあたたかく、人魚たちが、いそがしそうに花や貝やリースをはこんでいます。みんなのたのしそうなおしゃべりや、わらい声がひびき、とてもにぎやかです。

　ふたごは大広間のおくにいる、栗色の髪の女のひとを見ていいました。

「あそこにいるのが、あたしたちのママ。デレンさんってよばれてる」と、ケリー。

「ママは、オーケストラの指揮をする、コンサートマスターなの」と、ロリー。

　ふたりはミオにわらいかけ、「じゃあ、ミオ、またね」と手をふると、デレンさんのほうへ子犬

のように泳いでいきました。ミオはにっこりほほえみます。

　もういちど大広間を見わたすと、おくのだんろに目がとまりました。赤い光がゆらめいています。

　えっ、海の中に火がある？

　ふしぎに思って近づいたミオは、目を丸くしました。

　これ、火じゃない。赤い海草――ユカリだ！遠くからだと、火に見えた。

「だけど、どうして、こんなにあったかいの？」

　思わずつぶやくと、そばにいた人魚の男のひとがおしえてくれました。

「ここから温泉がわくんです。城があたたかいのは、温泉のおかげなんですよ」

ミオは、だんろに手をかざしてみます。

　とっても気もちがいい。キャンプもできそう！

でも、ここではマシュマロ、やけないな……。

　と、そのときです。

「ミ、オ！」

　いきなり、だれかがミオをうしろからだきしめました。ルナです！

「きてくれたんだね。うれしい！」
「うん、おみやげ、もってきたよ！」
　ミオは、キャミソールのポケットからマシュマロをとりだしました。
「すこしつぶれちゃったけど、たべてみて」
　ルナは髪をうしろにながし、マシュマロをふしぎそうにながめました。ひとつつまんで、そっと口に入れたとたん、カッと目を見ひらきました。
「なにこれ、びっくりクラゲポンチ！」

「気にいった？　だけど、このお城のほうがもっとびっくりクラゲポンチだよ！あの虹色の壁とか」

ミオがそういうと、ルナはマシュマロをほおばりながら、こたえます。
「壁のサンゴはね、モグモグ、みんな生きてるの。夜にはべつの色になって……ゴクンッ」
　やっと、マシュマロをのみこんだようです。
「あー、おいしかった！　ね、ミオ。今夜、ママのバースデーパーティーがあるんだけど、きてくれる？　くるよね？」
「えっ、わたしもいいの？」
「もちろん！」
　ミオは両手で、ほおをおおいました。
　ヤッタ！　しょうたいされちゃった！
　パーティーまではまだ時間があるので、ルナは「お城を案内するよ」とミオの手を引き、泳ぎだ

しました。城のおくへすすんでいくと広間の天井をかざりつけている人魚たちが見えました。

　とびらのそばには、貝のリースを手にしたエレナがいます。髪をなびかせ、ほかの人魚たちにデコレーションの指示をだしているようです。

　ミオが手をふると、エレナが近づいてきました。
「ミオちゃん！　また会えて、うれしいわ」

　エレナがミオの手をとった、そのときです。とつぜん、小さなイルカが、猛スピードで泳いできて、そばにつみあげてあった花かざりに頭からつっこみました。

　ドッスン！
「キュピッピ〜！」
　この小さなイルカは、ルナのペットのシルバー

です。花にうもれるシルバーを見て、ルナはため息をつきました。

「もう、シルバーったらこんなにあわてて……。さては、どこかでいたずらしてたんでしょ」

「ギュ、ギュピッ！」

　引きつったシルバーの顔を見て、ルナがまゆをひそめます。

「やっぱりね。お城の厨房へいってみよう。この子、ぬすみぐいしたのかも」

　気まずそうなシルバーを引きつれて、ルナとミオは、厨房へむかいました。

　中をうかがうと、海草のエプロンをつけた料理長がぶつぶついいながらそうじをしています。

「まったく、こんなに食いちらかして、けしからん。ワカメサラダはつくりなおしだ」

「キュピ……」

　シルバーがしょんぼりと声をもらしたとたん、料理長がふりむきました。

「またきたのか、チビイルカめ。これはパーティーでお客さまにだす料理だぞ。ろくでなしにやるえさはない！　しっしっ！」

「ご、ごめんなさい、この子、ろくでなしじゃなくて、あたしのペットなんです」

　ルナが料理長のまえにすすみでました。

「キュッ、キュウ……」

　シルバーは、ルナのうしろにかくれます。

「もう、ぬすみぐいはしないって、いってます。この子、ワカメサラダには目がないんです」

　ルナは料理長といっしょにたべかすをひろいはじめました。ミオも、いそいでくわわります。三人がかたづけはじめると、シルバーはじゃまにならないよう、厨房をでて、外からようすをうかがっていました。

　厨房がかたづくと、ミオは料理に目をやり、ルナにたずねました。

「これって、ぜんぶ海藻だよね？　魚はたべないの？」

　ミオのことばに、ルナの顔がこわばります。
「もちろん、たべないよ。魚は友だちだもん。海藻でいろんな料理がつくれるしね。これ、あたしのおすすめ。味見してみて」

　ルナは海藻サラダをこっそりつまんで、ミオにさしだしました。

　ところが、ミオが味見しようとしたとたん、シルバーがすっとんできて、ミオの海藻をパクッとたべてしまいました。料理長がこぶしをふりあげます。

「また、おまえか！　こら、まてー！」
「キュピッピー！」

あわててにげだしたシルバーを見て、ルナはわらいをこらえます。
「ほんとに、こりないんだから！」
　ふたりはクスクスわらいながら厨房をでると、わたりろうかをすすみ、サンゴでおおわれた天井のぬけあなをとおりました。
　階段をのぼるより、こうやって泳いでいくほうが、ずっとらくちん！
　たどりついたのは、絵本にでてくるようなかわいらしい部屋です。
　スカイブルーや、ベビーピンク、ミントグリーン。ミオの大すきな色であふれています。
「わあ、かわいい……」
　うっとりするミオのそばで、ルナがうれしそう

に、いいました。

「えへへ。ここ、あたしの部屋なんだ」

　砂をかためたゆかには、大きなくぼみがあり、金色のかけぶとんが、しいてあります。

「これが、ベッドね」

　ミオは、やわらかいコンブをあんでつくった、かけぶとんをさわってみました。

「ふっかふかだ！」

　まくらはコケでできていて、ビロードのような手ざわりです。

　ミオが部屋の中を見ているあいだ、ルナはクローゼットへむかい、銀色のドレスをとりだしました。

「これ、どうかな？　今夜のパーティーで着よう

と思ってるんだ」

　ルナがドレスを体にあてて、くるんとまわると、サーモンピンクの肩ひもがきらめきました。

「すごくかわいい！　ルナによくにあうよ！」

ミオは両手をあわせましたが、ふいに顔をくもらせます。
「みんな、おしゃれしてくるのかな？　わたし、ドレス、もってない……」
　ミオがうつむくと、ルナがミオの手をぎゅっとにぎりました。
「なにいってるの。もちろん、あたしのかしてあげる！　どれにする？」
　ふたりはにっこりしました。
　と、そのときです。まどの外を小さなカメが横ぎりました。
　ミオは首をかしげます。
　今のって、もしかして……。
　まどに近づいて見てみると、泳いでいるのは

やっぱりパールです。きりっと口をむすび、足をパタパタといそがしく動かしています。

ミオは、まどごしによびかけました。

「パール！　サントスさんのところで休んでなきゃだめだよ！」

おそらく声がとどいていないのでしょう。小さなカメは、ひっしにあたりを見まわしています。

「あの子、もしかしたら……ジンクスをさがしているのかも」

「なんでカメがジンクスをさがすの？ あいつにつかまったら、ろくなことないのに」

ルナが、きゅっとまゆをひそめました。

「それがね、あのカメ——パールっていうんだけど、海草にからまっているところを、ジンクスがたすけてくれたの」

ミオがいうと、ルナは目を丸くしました。

「信じられない。あいつだったら、むしろウニとか、なげつけそうなのに」

「そんなことなかったよ。ジンクスはパールにすごくやさしかった。だからパールはね、ジンクスに夢中なの」

ミオがこれまでのことを話すと、ルナはすこし考えこんで、「よし、それなら、あたしたちもパールのために、ジンクスをさがしてあげよう」と、いいました。
「ミオのドレスをえらぶのは、あとでもいい？」
「もちろん」
　ミオがこたえると、ルナはうなずいて、「それじゃ、レッツゴー！」と、まどから外へすべりでました。
　えっ、ここから、外へでるの……？

ふたりはパールのあとをおいかけて、城のまわりを一周しましたが、ジンクスのすがたは見あたりません。そのあとはパールとわかれて、大広間もくまなくさがします。でも、ジンクスはどこにもいません。
「このへんにいると思ったんだけどな」
　ルナが首をひねったとき、大広間から、女のひとのあわてた声がきこえてきました。
「デレン！　パーティーでつかう楽器が見あたらないの。どこへいったか、知らない？」
　デレンさんが、まゆをよせます。
「きのうのリハーサルのあと、会場のすみにおいたわ。なくなるはず、ないけど……」
　大広間にいた人魚たちが、こぞって楽器をさが

しはじめました。ミオはルナにたずねます。
「どんな楽器がなくなったの？」
「たぶん、マーメイド・ハープに、マーメイド・ドラム。それにマーメイド・ホルン……。オーケストラでつかうから、ほかにもあったはず」
「そんなにたくさん？」
　いったい、どこへいったんだろう。
　ミオが考えこむと、ルナは両手をパチンとあわせました。
「ジンクスをさがすのはあとにして、あたしたちも楽器さがしを手伝おう」
「うん、そうだね」
「よし、まずはあっち。ついてきて！」
　ふたりは、力いっぱい水をけりました。

さいしょにむかったのは厨房です。けれど、料理長はふたりを見るなり顔をしかめ、おいはらうようにあごをあげました。

　ルナとミオは引きかえし、天井のぬけあなをとおって、うすぐらいわたりろうかをすすみます。つきあたりのとびらをあけたとたん、強い光がさしこみ、ミオは思わず目をつむりました。

　わっ、まぶしい！

　そこは広々としたあかるい部屋でした。壁一面をおおう、色とりどりの海草と七色のサンゴ礁。部屋の中央では、王座に腰かけた美しい人魚が、長いブロンドの髪をとかしています。

「あそこにいるのが、モルウェナ王妃。あたしのママだよ」

うれしそうなルナのことばに、ミオは目をしばたたかせました。
　あんなにきれいなひとが、お母さん……。
　ルナに手を引かれ、ミオはドギマギしながら王妃のまえにすすみでます。

「ママ！　紹介するね、あたしの友だち、ミオ」
「は、はじめまして、王妃さま……」
　ミオは緊張しながら、頭をさげました。
　えっと、人魚の正式なあいさつって、どうやるんだろう……？
　おろおろしていると、モルウェナ王妃がやさしくミオにわらいかけました。
「ようこそ、わが王国へ。お会いできて、うれしいわ。今夜は、ぜひ、たのしんでいってね。ほかのみなさんは、あとからいらっしゃるの？」
「え、ほかのみなさん？」
　ミオが目を見ひらくと、ルナが小声でいいました。
「たぶん、きょうのパーティーにしょうたいして

る、コーラル王国からのお客さんのこと。ママは、ミオがコーラルの人魚だと思ってるみたい」

とまどうミオにかわって、ルナがうなずき、話をかえます。

「ママ、じつはね、今、大広間がたいへんなの。オーケストラでつかう楽器が行方不明になっちゃって。心あたりないよね？」

モルウェナ王妃が、心配そうに首を横にふったので、ルナがあわてていいました。

「あ、でも心配しないで。パーティーまでには、あたしがかならず見つけだすから。じゃあ、あとでね！」

王妃の部屋をでると、ルナは小さくため息をつきました。

「ママをがっかりさせたくないよ。ぜったい、楽器を見つけなくちゃ。一度、大広間へもどってみようか？　ひょっとしたら、もう見つかってるかもしれないし」

「そうだね、今ごろ、音だししてるかも」

　ミオもルナを元気づけるように、こたえました。

　ところが、もどってみると、大広間はさっきよりひどいさわぎになっていました。人魚たちは頭をかかえて、尾びれをゆすったり、いらだって、こぶしをふりあげたりしています。

「楽器なしで、どうやって演奏すればいいんだ！」

「もう、おわりよ！」

「パーティーがだいなしだ！」

　デレンさんも、すみのほうでがっかりとうなだ

パールをおいかけていくと、行く手にサンゴにおおわれた洞くつがいくつも見えてきました。入り口には柵があり、まるで馬小屋のようです。

　洞くつの中で、大きな黒い影がゆれているのが見えます。ミオは、まゆをよせました。

　もしかして、馬がいるの？　そんなわけないよね、ここは海の中だし。

　ルナにつづいて近づいてみると、洞くつから、馬ほどの大きさがあるタツノオトシゴが、ぬっと顔をだしました。

「わっ、びっくりした！」

　こんなに大きなタツノオトシゴは見たことがありません。ミオがそういうと、ルナが肩をすくめました。

「人間たちが、まだ発見してないだけじゃない？ここには十二頭いるんだよ」

洞くつをのぞいていくと、それぞれに色とりどりのタツノオトシゴたちがいました。ブラウンやグリーン、そしてゴールド。ワカメをたべたり、世話係の人魚に体をふいてもらったり、手綱をつけてもらったりしています。

「ほんものの馬みたい……」

　ミオがつぶやくと、ルナの顔がぱっとあかるくなりました。

「『ウマ』って、知ってるよ！　陸では人間たちが、それにのるんでしょ？　あたしたち人魚は、タツノオトシゴにのるんだ」

　タツノオトシゴにのる？　どうやって……？

　ミオが首をかしげると、ルナは洞くつを指さし

て、説明してくれました。

「ここは、タツノオトシゴたちのための〈オトシゴハウス〉。今夜のパレードでは〈オトシゴ車〉が見られるよ」

「オトシゴ……しゃ?」

「うん、あたしたちがのる大きな巻貝を、タツノオトシゴたちが引いてくれるの」

ルナは洞くつのまえをゆっくり泳ぎながら、タツノオトシゴたちの名前をおしえてくれました。

「ビューティー、マジーメ、ホープ、トラスト、キラリン、セーギー、スマット、ファイト、チャリティー、キューティー、ノンビリー、そして、この子がオットリー!」

オットリーとよばれたタツノオトシゴは、手綱

をとりつけようとする世話係の人魚をにらみつけて、鼻を鳴らしました。

　あの子は、おっとりどころか、短気だよ……。

　ミオは心の中でつっこみます。

　となりの洞くつのノンビリーは、ミオに気がつくと、やさしいまなざしをむけました。

「わたし、この子、すきだな」

　ミオがノンビリーの頭をなでると、ルナがほこらしげにいいました。

「ノンビリーは、りっぱなお父さんで、六つ子を産んだばかりなんだよ」

「そうなんだ！　タツノオトシゴは、オスが子どもを産んで、育てるんだよね。パパがまえにおしえてくれた」

ミオはノンビリーをじっと見つめました。
　パパにも見せてあげたかった。こんなに大きなタツノオトシゴがいるって知ったら、パパはなんていったかな。
　気がつくと、ミオのそばにパールがよりそっていました。めずらしく、かくれようとしません。ミオはカメの頭をそっとなでました。
「だいじょうぶ。楽器が見つかったら、ジンクスのことも、ちゃんとさがすからね」
　パールはミオをまっすぐ見つめかえしました。
　そのとき、洞くつのおくから、ルナの声がきこえてきました。
「もう、シルバーったら！　ノンビリーのワカメ、たべちゃだめじゃない！」

「キュ……ピ……」

　どうやら、シルバーが、ちゃっかりタツノオトシゴのごはんを、ぬすみぐいしていたようです。

　ルナが、シルバーをえさからひきはなそうと、尾びれをぐいっと引いたときでした。えさ入れの中で、オレンジ色のものがきらめいたのです。

「まさか……」

　ルナがえさ入れをさぐると、砂まみれのホルンがでてきました。

「なんでこんなところに、楽器があるの!?」

　ルナは、表情をキリッと引きしめました。
「ほかの楽器も、ここにあるのかもしれない。ミオ、いっしょにさがしてくれる？」
「わかった」
　しらべてみると、思ったとおり、タツノオトシゴのえさ入れの中から、ハープやドラム、トランペットなど、つぎつぎとでてきます。
　ミオは、ワカメがまとわりついた、砂だらけのフルートを引きだすと、ため息をつきました。
「これが、中身あてゲームだったらいいのにね」
　ルナは、「なにそれ？」と首をかしげました。
「あながあいた箱に手をいれて、中身をあてるの。

ゲームだったら、たのしかったのに、って」
「そっか……。そうだね……」
　ルナも深いため息をつき、引きだしたハープを見つめました。貝でできたわくはうすよごれ、海草の弦に、かじられたあとがついています。どこから見ても、万全の状態とはいえません。
　やがて、ふたりのまわりは楽器でいっぱいになりました。ひととおりたしかめてから、ミオは小さくうなずきました。
「これで全部みたいだね」
　さわぎをききつけて、タツノオトシゴの世話係たちも集まってきました。
「なんで、こんなところに楽器があるのか……ほんとうに、ふしぎです。今朝、陛下とお話しした

とき以外、わたしたちはここからはなれていないんです」

ルナは腕をくんで、つぶやきました。

「つまり、みんなが目をはなしたすきに、だれかがしのびこんで楽器をかくしたのね？」

ふいに、ミオはパールと目があい、はっとしました。

「ねえ、ルナ。パールがオトシゴハウスにきたってことは……もしかすると、ジンクスもここにいたんじゃない？ パールはずっと、ジンクスをおいかけていたはずだから」

ルナの目が、するどく光ります。

「あいつをさがして、話をきいたほうがよさそうだね。あと、カイにも。あのふたりは、そろうと

ろくなことしないもん」

「きめつけるのは、はやすぎるけどね」

　ふたりは顔を見あわせました。

「とにかく、楽器を大広間へはこぼう。ジンクスをさがすのは、そのあとで」

　ルナとミオは大きなあみで楽器をくるみ、城へむかって泳ぎだしました。重いものも、海の中だとらくにはこべます。

　ふたりのそばでは、パールが、なんども宙がえりをしています。

「パールったら、ジンクスに会うのが、よっぽどたのしみなんだね」

ミオのことばに、ルナが顔をしかめました。

「ジンクスのどこがいいのか、あたしにはさっぱりわかんないけどね」

大広間へもどると、ルナが声をはりあげました。

「みなさん！　楽器が見つかりました！」

あみをおろすと、ふたりのまわりに楽団員たちがあつまってきました。

「よかったわ、無事に見つかって」

「これで、リハーサルができるぞ」

ところが、ほっとしたのもつかのまのこと、楽器を見たとたん、人魚たちは悲鳴をあげたのです。

「ハープの弦が切れてる！」

「フルートが砂まみれだ！」
　きずついた楽器からは、まともな音がでません。
コンサートマスターのデレンさんは顔をおおい、
なきだしました。

「もう、おわりだわ。パーティーまで、あと数時間しかないのに」

　ミオとルナは、おろおろするばかりです。

　大広間のかざりつけをしている人魚たちも、心配そうにこちらを見ていますが、手はとめません。

天井に白い海草のリースをかざっているエレナを見て、ミオは、はっとしました。

　あのリース、もしかして……。

「きょうジンクスに会ったとき、かざりつけにつかう白い海草をさがしてるっていってたの。ほら、あそこ、白いリースがあるでしょ？　きっと、ジンクスが、海草をとどけたんだよ」

「ミオ、さえてる！」

　ルナが、うなずきます。

「まだ近くにいるかも。ジンクスが、いきそうな場所に、心あたりある？」

「カイの部屋かも。こっち！」

ふたりが泳ぎだすと、パールがおいかけてきました。大広間をでて、わたりろうかをすすみ、天井のぬけあなをとおると、こんどはべつのわたりろうかにでます。

つきあたりが、カイの部屋でした。ルナがとびらをあけたので、ミオはドキドキしながら中をのぞいてみました。カイはルナのお兄さんで、海の王国の王子さま。つまり、ここはプリンスの部屋なのです。

金色のもようがあしらわれた、まっ赤な壁に、ごちゃついたゆか。つくえの上には貝でできた、

オセロとチェスのゲーム盤があり、そのまわりにはコマがちらばっています。あそんだあと、かたづけをしないで、そのままどこかへいってしまったのでしょう。

　壁ぎわでは、細長い形をした黄土色の貝が山づみになっていました。おいかけてきたパールが、においをかいでいます。

　これ、マテ貝だよね？　近所の犬がかんでる、骨のおもちゃにそっくり。シルバーにあげるのかな？

　部屋の中にカイとジンクスの

すがたはありません。ここにはいないようです。
「ほかをあたってみようか」
　ルナのことばにミオがうなずくと、とつぜん、どこからか、わらい声がきこえてきました。ふたりは顔を見あわせます。
「あそこ！」
　ルナは、むかいの壁に、さっと耳をあてました。
「ははは……」
　たのしげな声が、かすかにきこえます。
　ルナは壁にうっすら見える線をなぞりました。
「ここに、かくしとびらがあるの。外にでられるんだ」
　そういって、小さなとびらをおしあけます。
「ミオ、ついてきて！」

とびらのおくには、上へむかう通路がつづいていました。ルナは、なれたようすで、ぐんぐん先を泳いでいきます。通路の壁は、ごつごつしたサンゴにおおわれ、トンネルのようにせまくなっています。

　尾びれを引っかけないようにしなきゃ……。

　ミオはしんちょうにすすみました。パールがミオのそばでひっしに泳いでいます。

　やっと出口にたどりつき、ほっと息をつきます。ルナにおいつこうと、気もちをはやらせ、外につづく小さなあなに頭をおしこもうとした、そのときです。急に、うねるような波がおしよせ、ミオは悲鳴をあげました。

「ひゃっ！」

　とっさに、そばのコンブにつかまり、もうかたほうの手でパールの前足をつかみます。

　あ、あぶなかった……。

　波がさり、パールといっしょに外へでると、心配したルナがかけつけました。

「ミオ！　パール！　だいじょうぶ？　出口の激流に気をつけてっていうの、わすれてた！」

　外のあかるさに目がなれてくると、ミオはあたりを見まわしました。どうやら、城の一番高い塔

にでてきたようです。塔の壁には、まどのような大きさの岩あながありました。
「ここがお城の屋上なの。緊急のとき以外はきちゃだめっていわれてるのに、カイのやつ……」
　ルナは、すっかりおこっています。
　岩あなから黒い尾びれの先がでていたので、ミオは軽く引っぱってみました。すると、カイが岩あなから顔をだしました。
「え、どうして、きみたちがここに？」
　おどろいたカイに、ルナがつめよります。
「それは、こっちのセリフ！」
　目いっぱいこわい顔をして、ぎろりとにらみつけます。
「あんたたち、楽器、かくしたでしょ？」

ジンクスも、岩あなから顔をだしました。
「なんだ、もう見つかったのか。えさの中からで

てきて、わらえただろ？　パーティーまではもどすから、心配すんなよ」

　ニヤッとするジンクスに、ミオはふし目がちにいいました。

「それがね、楽器、こわれてたんだよ」

「なんだそれ。おれたち、こわしてないぞ！」

　すかさずジンクスがいうと、ルナが早口でまくしたてました。

「なにいってんの！　あんなところにおいたら、タツノオトシゴたちが、えさとまちがえて、かじるにきまってるじゃない！」

　男の子たちの顔が、こおりつきました。カイがためらいがちに口をひらきます。

「まいったな……。軽いじょうだんのつもりだっ

たんだ。まさか、そんな……」

ルナが腰に手をあて、大声でいいました。

「ママのパーティーをだいなしにして、どうするつもり⁉　みんなに、あやまりなよ！」

カイは肩をすぼめました。

「また、父さんにこっぴどくしかられるな。王子としての自覚がたりないって」

さっそくルナが先頭に立ち、「いそいでもどろう」とよびかけました。ミオとカイとジンクス、三人がつづこうとしたとたん———。

ザザーン！

また激流がおしよせ、ミオがうずにのみこまれました。

まずい、ながされちゃう。だれか、たすけて！

　心の中でさけんだ、そのときです。ジンクスの手がまっ先にのび、ミオの腕をしっかりとつかみました。

「あぶねえな」

　とっさにだきよせられ、ミオはこわかったのもわすれて、まっ赤になりました。岩あなへにげこむと、あわててジンクスからはなれます。

「わ、わたしはだいじょうぶ。でも、パールが！」

ミオにくっついてかくれていたパールが、うずにのまれてながされています。ジンクスは目を見ひらきました。
「なんでここに、あのカメがいるんだ？」
「あの子、ジンクスに会いにきたんだよ！　たすけてあげて！」
　ミオがさけびます。
「ったく、せわがやけるぜ」
　ジンクスは全力で泳ぎだし、うずの中にとびこみました。小さなカメに手をのばします。
　あとすこし……！
　ミオがいのるように見つめていると、つぎのしゅんかん、ジンクスはパールのこうらをつかみ、宙がえりをきめて、みごと、うずの中からもどっ

てきました。かかえられたパールは大きなひとみをうるませ、ジンクスの胸にほおずりしています。
　今、ちょっとかっこよかった。海のヒーローみたいだった……！
　ミオはそのことばを、ぐっとのみこみました。
「えっと、ありがとう。パールと……わたしをたすけてくれて」
　ジンクスは鼻をこすります。
「べつに。たいしたことしてねえよ」
　ルナがやってきて、「よかった、無事で」とミオをだきしめて、こっそりいいました。
「ジンクスのやつ、かっこつけちゃって。でも、すこしだけ、見なおしたよ」
　ルナは、パチンとウインクしました。

　ミオとルナ、カイとジンクスは屋上から、そのままぐんぐん下へと泳ぎ、城の正面とびらへむかいました。
　海底に近づくにつれ、潮のながれもおだやかになっていきます。カメのパールは、ジンクスにぴったりとよりそっていました。
　すべるように泳いでいきアーチ形の門をくぐると、正面とびらのまえに、ブロンドの髪をした人魚の女のひとがいました。腰に手をあて、こちらをにらんでいます。
　ルナが、ミオの耳もとでつぶやきました。
「あれは、エブリルさん。ジンクスのお母さん」

正面とびらにたどりつくと、エブリルさんは、まってましたとばかりに口をひらきました。
「あなたたち！　どこへいってたの！」
　四人はうつむきました。
「屋上へいっていたのね？　あそこは危険だから、いってはだめといったはずです！」
　サファイアブルーのひとみが、いかりにみちています。

「ごめん、母さん……」

　ジンクスが身をちぢめます。エブリルさんは、大きなため息をつきました。

「行方不明だったオーケストラの楽器が、オトシゴハウスで見つかったのは知ってるの？」

　カイとジンクスの顔が引きつります。エブリルさんは、さぐるようにふたりを見つめました。

「まさか、あなたたちのしわざ？」

　腕をくみ、ふたりをのぞきこみます。

「その、おれがジンクスをさそって……」

　カイがうつむきながら、いいました。

「おい、いいだしたのはこっちだろ？　母さん、おれ……」

　ふるえるカイとジンクスを、ミオは横目で見ま

した。

　もう……。あんなイタズラ、しなければよかったのに。

　ジンクスは、きえいりそうな声でいいました。
「軽い、じょうだんのつもりだったんだ」
「わらいごとじゃありません！　デレンさんに、なんておわびしたらいいか！」

　四人はエブリルさんにつづいて城の中に入り、大広間にむかいました。大広間は人魚たちのためいきにつつまれ、最悪なムードです。

　会場のすみにはこわれた楽器がならび、デレンさんがたたずんでいます。エブリルさんにつきそわれ、ジンクスとカイはあやまりにいきました。さすがのパールも、今回ばかりはミオにくっつい

て、はなれません。

　だいじょうぶかな……。

　ミオは、ふたりを目でおい、ごくりとつばをのみこみました。しばらくすると、デレンさんの声がひびき、みんながふりかえりました。

「なんてひどいことを……！　ハル王とモルウェナ王妃に、どう説明すればいいか。コーラル王まで見えるのに、とんだ、はじさらしになってしまうわ。カイ、あなたは王子でしょう？　このパーティーがどれだけ大切か、わかっているはずよ」

　ジンクスがもごもごとしゃべりましたが、すぐにデレンさんの声にかきけされました。

「ダンスのかわりに、〈しりとり〉するですって？　じょうだんはやめてちょうだい！」

エブリルさんが深々と頭をさげました。
「うちの息子が、ご迷惑かけて。せめてもと、パレードのじゅんびだけは、きちんとしておきます」
　そういって、エブリルさんは、カイとジンクスにむきなおりました。
「ふたりとも、ちゃんと反省して、自分たちでなにができるか考えなさい」
　エブリルさんは大広間から泳ぎさりました。
　ミオは、カイとジンクスがすこし気のどくになりました。
　みんなのまえでしかられて、ちょっとかわいそう。悪気はなかったんだもん。でも……。
　すると、パールがミオにむかって口をパクパクと動かしました。そのすがたを見て、ミオはピン

ときました。

「そっか。楽器がないのなら……歌！　みんなで歌をうたったらいいかも！」

パールがミオの大声にびっくりして、ルナのわきの下にもぐりこみます。

「それって、オーケストラのかわりに、ってこと？」

ルナがたずねると、ミオは力強くうなずきました。ルナの手をとり、大広間の中央にむかいます。パールもふたりについてきます。

「あの、みなさん」

ミオが楽団員によびかけました。

「こんやは楽器の演奏ではなくて、みんなで歌を

うたうのは、どうですか？　合唱なら、楽器がなくてもできます」

　楽団員たちは顔をあげ、ミオの話を興味深そうにきいています。でも、デレンさんは首をふり、かなしそうにいいました。

「むりだわ。時間もないし、パーティーでうたえる曲も思いつかない」

　すると、ホルンをかかえた人魚が口をひらきました。

「『ラブリー・ヒトデ・バラード』なら、うたえるかもしれんな……」

　ほかの人魚からも、曲名があがりはじめました。ひとつ、ふたつとあがるにつれ、みんなの表情があかるくなっていきます。やがて、メロディを口

ずさむ人魚たちで、大広間はにぎわいはじめました。

「『マーメイド・ロック』も、ノリがいいぜ」

「『クジラのスロー・ワルツ』は、どうかしら？」

「『クラゲ・ジャイブ』も、たのしい曲よ」

それでも、デレンさんは首をふりました。

「だめよ。コーラル王にわらわれるわ。むこうの国には、りっぱな楽団がいるのよ？」

すると、ルナが声をあげました。

「ほかの国と、くらべたりしなくていいと思います。大事なのは、主役のママと、きてくれるゲスト、それに、あたしたちの気もちだから。みんながたのしくなれたら、りっぱじゃなくても、いいと思います」

数人の楽団員がうなずきました。
「おまけに、ママは歌が大すきなんです！」
　デレンさんは目をつむって考えていましたが、やっと背すじをのばして、うなずきました。歓声がわきあがり、ミオは、ほっと息をつきました。
　どうか、最高のパーティーになりますように！

会場のすみにいたカイとジンクスも、デレンさんによばれました。
「楽器があったほうがいい曲もあるわ。あなたたちで、つかえる楽器をしらべてちょうだい」
「わかりました」
　ふたりは返事をすると、すぐとりかかりました。ジンクスがハープとフルートについた海草や砂をとりのぞき、カイが表面をみがきます。音がでるかをたしかめ、つかえないものは、わきへよけていきます。いつのまにかパールはまた、ジンクスにぴったりよりそっていました。
　じゃまだって、おこられないかな……。
　ミオはすこし心配でしたが、ジンクスはカイに楽器をわたすたびに、パールのこうらをなでてい

ました。
　大広間の中央では、デレンさんがはつらつとした顔で楽団員を二列にならばせました。これから、いよいよ、歌の練習がはじまるのです。デレンさんは栗色の髪をはらうと、サンゴでできた指揮棒をつかみ、せきばらいをしました。
「今夜は合唱団としてがんばりましょう。まずは『ラブリー・ヒトデ・バラード』から。せーの！」
　人魚たちは、うたいだしました。

　♪あなたは　海に　またたく星
　　ラブリー・ヒトデ
　　あなたは　海を　いろどる星
　　ラブリー・ヒトデ……

歌声をきき、ミオは首をひねりました。

うーん、ちょっと音程がずれてる？

でも、心配はいりませんでした。曲がすすむにつれ、みんなの声がすこしずつそろってきたのです。大広間のかざりつけをしていた人魚たちも、歌をきこうとあつまってきました。

ミオは尾びれの先をゆらして、リズムをとります。やさしいメロディーにつつまれて、心がおだやかになっていきます。

♪きらめきは　永遠に

　うつくしさは　永遠に

曲がおわると、ミオは目をキラキラさせながら、拍手をおくりました。

「すてき！　とてもよかったです！」

　人魚たちも、あたたかい拍手をおくります。

「ありがとう」

　デレンさんはてれくさそうにおじぎをすると、合唱団のほうをむきました。

「はじめてにしては上出来よ。ただ、もっと大きな声でうたってほしいの。会場にひびかないし、お客さんの声にかきけされちゃうわ」

　すると、ルナがまえにすすみでました。

「それなら、あたしとミオも、うたいます！」

　人数は多いほうがよさそうです。ルナとミオはさっそく手わけして、なかまをあつめることにし

ました。

「あたしはエレナのかざりつけチームにきいてみる。もうすぐ手があくと思うから。ミオはオトシゴハウスをあたってみて」

「わかった。じゃあ、またあとでね」

　ミオはいそいで、おもてへでました。

　大広間にくらべると外はしずかでしたが、オトシゴハウスに近づくにつれ、またにぎやかになってきました。

　洞くつにたどりついたとき、ミオは息をのみました。

　オトシゴハウスのまえに、大きな巻貝につながれた、六頭のタツノオトシゴがいたのです。

　これが、ルナのいってたオトシゴ車……！

　金色の線が入った白い貝には、ピンク色のもようがあしらわれ、タツノオトシゴが頭をふるたびに、銀色のあわがはじけます。まるでおとぎ話の世界にまよいこんでしまったようです。

　われにかえり、ミオはオトシゴハウスにいる人魚たちによびかけました。

「おいそがしい中、すみません。パーティーで合

唱をすることになったので、手伝ってもらえませんか？」

　タツノオトシゴに鞍をとりつけていたエブリルさんは、ミオのまえにやってくると、すまなさそうにいいました。

「オトシゴ車のじゅんびがあるから、わたしはここをはなれられないの。でも、ブラッシングをおえた世話係たちは手伝えるはずよ。あと、ジンクスとカイもね」

　エブリルさんがウインクしました。

　オトシゴハウスでの仕事をおえた人魚たちが、ミオのところにあつまってきました。みんなで大広間へむかうとき、ミオはもう一度オトシゴ車に目をやりました。

やっぱり、パパに見せたかったなあ……。
　心の中でつぶやくと、また泳ぎだしました。
　人魚たちを引きつれ、大広間へもどると、カイとジンクスはこわれた楽器のまえで、まだ仕事をしていました。やぶれたドラムや、切れたバイオリンの弦を手に、こまりはてています。
　ミオはふたりに近づき、そっと声をかけました。
「ねえ、ふたりも合唱団に入ってもらえない？」
「合唱？」
　ジンクスが口をゆがめました。
「歌なんて、うたえねえぞ。なあ、カイ？」
　そこへ、会話を耳にしたデレンさんが、わって入ってきました。
「なにいってるの！　つべこべいわず、ほら！」

うなずいたのはカイです。
「おれたちも、入ろう。うまくうたえるかはわからないけど、すこしは役にたてるかもしれない」
　カイに引きずられ、ジンクスもしぶしぶ合唱団にくわわりました。
　大広間の中央には、すでにたくさんの人魚があつまっていました。肩をよせあって、おしゃべりをしたり、わらいあったりしています。おこってばかりいた料理長ですら、笑顔をうかべています。
　ミオはルナと肩をならべます。カイとジンクスもくわわり全員が四列にならぶと、デレンさんが指揮棒をふりあげました。いっしゅんで、みんなのおしゃべりがやみます。
「せーの！」

　ながれるような手の動きにあわせ、人魚たちは『ラブリー・ヒトデ・バラード』をうたいだしました。はじめは歌詞を知らなかったミオも、曲がすすむにつれ、みんなと息があっていきました。
　またたくまに大広間は、すんだ歌声につつまれ

ていきます。のり気ではなかったジンクスでさえ、胸をはり、どうどうとうたっています。そのとなりではパールが口をパクパク動かしています。ミオの心がじんわり、あたたかくなりました。

　うたいおえると、デレンさんは指揮棒をおろし、

にっこりして、目をうるませました。

「ブラボー！」

　料理長が声をあげ、合唱団の人魚たちは手をとりあってよろこびました。

　つぎは『クラゲのダンシング・スター』です。人魚たちは、陽気なメロディーにあわせて手拍子をはじめ、くるくるまわりながら、うたいました。

　一曲おわると、みんな息をきらし、笑顔をかわします。ミオの心もどんどんはずみます。

　デレンさんが、指揮棒をふりました。

「コーラル王国のゲストが知らない歌も披露したいわね。いい曲、ないかしら？」

　人魚たちは、たがいに相談しはじめました。ミオもいっしょに考えます。

うーん、いつものラブソングは、人魚と漁師の歌だし、ちょっとまずいよね……。
　ふと、おばあちゃんにおしえてもらったべつの曲が、頭にうかびました。海の生き物たちの歌。パーティーにぴったりです。
　ミオは手をあげました。
「はい！　あの、わたし、知ってます」
「ほんと？　どんな曲？　ちょっとうたってみてくれるかしら」
　デレンさんにいわれ、ミオはとまどいました。
　みんなのまえで……？
　急に緊張して、ドキドキします。それでも、小さく深呼吸をして、ミオはうたいだしました。

♪　海でくらす　なかまたち

　　あなたのそばに　いるのは　だあれ？

　　カ・ニ！　チョキ　チョキ

　　タ・コ！　クネ　クネ

　　カ・メ！　パタ　パタ

　くりかえしてうたっているうちに、人魚たちも、ひとり、ふたりとくわわり、歌声がだんだんひとつになっていきます。手拍子をしたり、ふりつけをしたり、どんどんもりあがっていきます。

♪　カ・ニ！　チョキ　チョキ

　　タ・コ！　クネ　クネ

　　カ・メ！　パタ　パタ

「カ・メ！」のところで、自分がよばれたと思ったパールは、びっくりしてジンクスのうしろにすばやくかくれました。そのようすを見た人魚たちがわらいだします。

　うたいおえると、デレンさんが、われんばかりの拍手をおくりました。
「モルウェナ王妃も、よろこばれるわ。このちょうしで、本番もがんばりましょう」
　ルナがミオにわらいかけました。
「なんだかたのしくなってきたね！　じゃあつぎは、ドレスアップタイム！　あたしの部屋でミオのドレスをえらぼう」

ルナの部屋で、ミオはエメラルド色のドレスを着て、首をひねりました。

「これもすてきだけど、あっちのもきれいだよね……」

ルナのベッドに広げた紺色のドレスを指さします。小さなクリスタルがちりばめられ、夜空に星がかがやいているようです。

「うん。でも、ミオにはぜったい、エメラルドがにあうよ。ほら、このピンクゴールドのビーズ、見て！　ミオの尾びれに、ぴったり。ヘアアレンジもやってあげる」

ルナはミオのうしろにまわると、なれた手つきで髪をあみこみ、真珠のピンでとめました。

「ほら、できたよ！」

　ルナが声をかけると、二ひきのピカリン魚がミオのそばにやってきてパッと光をはなちました。かがみで自分のすがたを見たミオは、はっと息をのみました。

　これ、わたし⁉

　くるんとまわると、ドレスがメリーゴーラウンドのようにふんわり広がります。

「ほらね、すごくにあってる」

　ルナはうれしそうに両手をあわせました。

　そのとき、部屋の壁をおおうサンゴがゆっくりと七色に光りはじめました。

「もう夕ぐれだ。日がおちると、あの色になるの」

　ルナがミオをふりかえったとき、ティアラがず

りおちました。
「これ、すぐにおちちゃうんだよね」
　まゆをよせるルナに、「それなら、わたしにまかせて」と、ミオはウインクしました。
　めだたない色のヘアクリップを、ルナのティアラのうしろにパチンととめます。
「あっ、おちなくなった！」
「でしょ？　これで、ルナは、どこからどう見ても、カンペキなプリンセスだね！」
　ミオが満足げにいうと、とつぜん、ジンクスがニヤニヤしながら部屋に入ってきました。
「カンペキなプリンセス？　こいつのどこが？」
　ジンクスのうしろから、カイもやってきました。
「ルナ、そろそろパレードの時間だ。父さんと母

さんが、むこうでまってる」

　ルナはため息をつき、ミオにいいました。

「王室一族がオトシゴ車にのってお城へ入る、伝統のパレードなの。でも、あたし、もうお城の中にいるのにね。わざわざパレードするなんて、おかしいと思わない？」

　ミオは心の中で思いました。

　わたしは、うらやましいけどな。オトシゴ車にも、のってみたいし……。

　ミオがパレードを想像していると、カイがにっこりして、ミオにいいました。

「ドレス、にあってるね」

　やさしいまなざしで見つめられて、ミオはみるみるうちに赤くなりました。

「あ、ありがとう。えっと、カイも……」
　な、なんだろう、これ。なんか、ドキドキしてきた！
　「カイも、その服にあってる」と、ミオがいおうとしたとき、いきなりジンクスがふたりのあいだにわって入ってきました。
　「さ、王子はいった、いった。おれがミオのめんどうを見ておくから」

そういうとミオの手をつかみ、大広間へむかってすべるように泳ぎだしました。

　え、え——————っ!?

　心臓が、はやがねをうちはじめます。ドレスアップした人魚たちがゆきかうわたりろうかを、ジンクスはミオをつれて泳いでいきました。

　み、みんなに誤解されたら、ど、どうしよう！

　ミオはジンクスを横目で見ました。

　すずしげな横顔。力強い腕。肩にかけたブロンズ色のサッシュが、よくにあっています。

　どこからか、カメのパールがやってきて、ふたりのあいだを泳ぎはじめました。ジンクスがこうらをなでると、パールははしゃいで宙がえりします。ミオは、思わずにっこりしました。

ジンクスって、ほんとうはやさしい男の子なのかも。親友が王子さまで、お兄さんはシー・ガーディアンのリーダーだから、負けないように目立とうとして、かっこつけたり、いたずらしたり、するのかもね……。
　大広間は、着かざった人魚であふれていました。女のひとは、はなやかなドレスを身にまとい、髪や胸もとに、真珠や貝、クリスタルのアクセサリーをつけています。男のひとは、海草をあんでつくったサッシュを肩にかけ、首にはサンゴやサメの歯をとおしたチョーカーをつけています。おしゃべりしたり、あいさつしたり、とてもたのしそうです。
　天井を見あげると、銀色のボールのようなもの

が、まわっていました。ミオはミラーボールだと思いましたが、目をこらしてみると、ぐるぐるまわっているのは、小魚のむれです。かがみのようなうろこが、光をキラキラと反射しています。

　とってもいいアイディア！

　ふたたび大広間を見まわすと、デレンさんがミオに気づいて、手をふりました。そのおくにエレナを見つけたとき、トランペットのファンファーレが鳴りひびきました。

　ジンクスが、またミオの手を引きます。

「例のパレードがはじまるから、見にいこうぜ」

「えっと、わたし、エレナに会いに……」

　ミオの返事をまたず、ジンクスは泳ぎだしました。人波をかきわけて外へでると、六頭のタツノ

オトシゴが、大きな巻き貝を引いて、城へむかってくるのが見えました。

　ジンクスがほっと息をつきました。
「オトシゴ車は問題なさそうだな。母さんが、じゅんびをまかされてたんだ」

　オトシゴ車からでてきたのは、ルナの父、ハル王です。きらびやかなサッシュと、長く黒いあごひげが、あつい胸板にかかっています。つづいて、あらわれたのはモルウェナ王妃。観衆にむかって手をふると、いっせいに拍手がわきあがりました。
「おたんじょう日、おめでとうございます！」

　歓声に笑顔でこたえながら、モルウェナ王妃はハル王とともに城の中へすすみます。

　さいごにおりてきたのは、カイとルナです。銀

色のサッシュをつけたカイと、銀色のドレスをきたルナが、手をふっています。
　目をかがやかせ、ミオも拍手をおくりました。
　わたしの、自慢の友だちだよ！
　パレードがおわると、すぐにルナがミオのところへやってきました。
「さあ、ミオ！　これから合唱だよ、いそご！」
「うん、でもプリンセスなのに、もういいの？」
「心配しないで。合唱におくれちゃまずいよ！」
　ふたりは手をとって大広間へいそぎ、あわてて合唱団にくわわりました。ジンクスとカイも開始まぎわにあらわれ、一番うしろの列にならびました。
　指揮棒をもったデレンさんが両手を高くふりあ

げると、会場がしずまりかえりました。だれかが、いっしゅんせきばらいをし、マーメイド・ホルンの音がかすかにひびきます。

そしてデレンさんの合図で、合唱団は『ラブリー・ヒトデ・バラード』をうたいはじめました。

　♪あなたは　海に　またたく星

　　ラブリー・ヒトデ

　　あなたは　海を　いろどる星

　　ラブリー・ヒトデ……

フロアにいるお客さんたちが、ペアになっておどりはじめます。

♪きらめきは　永遠に
　うつくしさは　永遠に

　曲がおわると、会場は拍手につつまれました。
　よかった、大成功！
　デレンさんの顔が、ぱっとかがやき、ルナがミオにささやきます。
「ミオのおかげだよ！」
　デレンさんがまた指揮棒をふりあげました。ふたたび会場がしずまりかえった、そのときです。とつぜん、だれかの声がひびきました。
「コーラル王がお見えになりました。みなさん、おでむかえを」
　とたんに、人魚たちの顔がくもります。

なんだろう、この気まずい雰囲気……。

　みんなといっしょに外へでてみると、もうもうと砂けむりをあげながら、黒い影が近づいてくるのが見えました。

　わっ、雨雲が、せまってくるみたい！

　うっすらと、りんかくをあらわしたのは、八ぴきの黒いウミヘビに引かれた、大きな深緑色の貝です。ミオはすくみあがりました。

　ぶ、ぶきみ……！

　ギラリと光る赤い目に、フォークのようにわれた舌先。てらてらとうろこを光らせながら、猛スピードで砂地をはってきます。

　オトシゴ車のほうがずっといいな……。

　ウミヘビたちが城のまえでとまると、大きな貝

から、やせた人魚の男がおりてきました。ブルーのひとみに、顔にきざまれた深いしわ。白髪まじりの黒いあごひげ。でむかえた人魚たちをするどい目つきで見わたしています。

「あのひとが、コーラル王だよ」

　ルナがミオにささやきました。

　コーラル王が、槍で貝をコンッとたたくと、つづいて人魚の青年がでてきました。コーラル王とおなじぐらいの身長で、あつぼったい茶色い前髪のあいだから、観衆をじろりとにらんでいます。

　うわあ、見るからに不機嫌。むりやりつれてこられたのかも。

　ルナが小声でいいました。

「コーラル王の長男、エニョン王子。すんごくい

じわるなの」

　ルナが顔をしかめると、コーラル王が、また槍で貝をたたきました。さいごにでてきたのは、ミオたちより、すこし年上の人魚の男の子です。

　黒髪に、りんとしたアイスブルーのひとみ。貝をあしらった、きらびやかなサッシュを肩にかけ、エニョン王子のうしろを、ゆっくりと泳いでいます。

「あのひとは知ってる？」

　ミオがたずねましたが、ルナは黒髪の男の子を見つめ、だまったままです。肩をたたくと、ルナは、はっとわれにかえりました。

「あれは、カダン王子。エニョンの弟で……」

　ルナは、なつかしそうに目を細めました。

「ずっとまえに会ったときは、あまやかされた、おぼっちゃんって感じだったの。ロブスターに指をはさまれただけで、ビービーないちゃって。それが、いつのまにか、あんなに……」

「あんなに？」

「……カッコよくなっちゃったの⁉」

　と、そのときです。見られていることに気づいたカダンが、軽く頭をさげました。ルナのほおが赤くそまります。

「ひゃ、目があった！」

　ミオもカダンに目をやります。たしかに、お兄さんほどは、気むずかしくはなさそうです。

　ふたたび、トランペットが鳴りました。ハル王とモルウェナ王妃がコーラル王をでむかえます。

「ようこそ、わが王国へ」

コーラル王は無表情でおじきをすると、さっさと城の中へ泳いでいきました。

なんだか、いやな感じ。

コーラル王がミオのそばを横ぎるとき、ざわざ

わと胸さわぎがしました。

　でむかえの儀式がおわると、また、大広間でパーティーがはじまりました。ミオたちも合唱団にくわわって、つぎの曲をうたいはじめます。

　モルウェナ王妃が、ゲストといっしょに手拍子をとっています。大広間が笑顔であふれているのを見て、ミオはほっとしました。

　二曲目がおわると、料理人たちが、大広間にごちそうをはこんできました。カキのからの上に、色とりどりの海藻サラダがもりつけられ、テーブルにつぎつぎとならんでいきます。

　わあ、ビュッフェスタイルなんだ。

　世界中の色という色が、いっぺんにちりばめられたようにカラフルです。人魚たちが列にならび

はじめました。見ると、ジンクスは、一番のりで料理を皿によそっています。

　赤い海藻サラダをほおばりながら、ジンクスがミオの近くへやってきました。

「これ、めちゃくちゃうまいぞ」

　それからジンクスは、パールにも、そっとサラダをたべさせてやりました。

　よし、わたしも味見してみよう。

　料理をよそったとたん、『クラゲのダンシング・スター』がきこえてきました。

　いけない、はじまっちゃった。もどらなきゃ。

　皿をおき、うたいにいこうとすると、ルナがミオの手をとりました。

「ねえ、ミオ、おどろうよ！」

「でも、うたわなくちゃ」

「だいじょうぶ、すこしくらい、ぬけたって平気！」

　まあ、ちょっとだけなら……。

　ミオはこっくりうなずきました。

　でも、人魚のダンスって、どうやるの？

　とりあえず、尾びれを左右に動かしてみます。すると、ルナがミオの手をとったまま、くるんとまわり、こんどはべつのパートナーの手をとりました。つぎつぎとパートナーをかえながら、ルナはながれるようにおどりだします。

　こういうふうにするんだね！

　ミオもおなじように、人魚たちと元気におどりはじめました。光の中で、尾びれとドレスがきらめきます。体をまわして、ひねって、ジャンプ！

と、そのときです。
「よお、たのしんでるか？」
　ジンクスがミオの手をとりました。
「うん、とっても！」
　ふたりはあかるいリズムにのり、フロアをすべるようにおどりだしました。なんどもターンをくりかえし、わらいあいます。
　ジンクスにリードされながら、

　ミオは夢中でおどりました。
　つぎの曲がはじまります。ふいに、目のはしに見なれた黒髪がとびこんできました。
　あれ……ルナが、カダン王子とダンスしてる！
　ふたりは見つめあい、ときおり笑顔をかわしな

がら、おどっています。そのようすをコーラル王とエニョン王子は、いすにもたれながら、けげんそうに見ていました。エニョン王子が顔をしかめ、コーラル王にそっと耳うちします。

　曲がおわると、ルナが息をきらしてミオのところにやってきました。ほおがまっ赤にそまっています。

「ミオ！　あたしたちがおどってるの見た？　カダンってね、すっごくクールなの。紳士だし、ダンスもうまいし、話してるとたのしくて、ずっとおどっていたかったよ。カイやジンクスとは大ちがい！」

　ルナは熱っぽく話しつづけます。

「あたし、こんど、カダンに会いにコーラル王国

に行ってみたいな」

　ミオは心配そうにたずねます。

「でも、コーラル王国とは、なかが悪いんでしょう？お父さんにゆるしてもらえないんじゃ———」

「そんなの関係ないよ、ミオ。あたしは、あたしがやりたいことをやる。プリンセスに自由がないなんて、だれにもいわせないよ」

ルナがきっぱりいいきると、『クジラのスロー・ワルツ』がきこえてきました。あまいメロディーが大広間をつつみます。ハル王がモルウェナ王妃とおどりはじめると、ほかの人魚たちもペアをくみ、ふたりにくわわりました。コーラル王は、つまらなそうにそっぽをむいています。

　合唱団の人魚たちは、たがいに肩をくみ、左右にゆれながらうたいます。ピカリン魚たちもリズムにあわせて、背びれをふんわりゆらしています。

　いい曲だなあ。

　ききいっていると、だんだんまぶたが重くなり、ミオははっとしました。

　たいへんだ！　今、何時だろう。ずっとここで、おどっていたいけど……ママを心配させるわけに

はいかない。
　ミオはルナの耳もとでささやきました。
「ルナ、わたし、そろそろかえらなくちゃ」
「わっ、いけない！　時間のこと、すっかりわすれてた」
　ルナは小さくうなずきます。
「ごめん、あたし、きょうはパーティーをぬけられないよ……。どうしよう。ミオ、ひとりでかえれる？」
「うん、やってみる！　心配しないで。また、くるからね」
　ミオはルナをだきしめ、さよならをいうと、大広間をでました。わたりろうかをすすみ、城をあとにしようとしたとき———。

「ミオ？」

　ふりかえると、目のまえにカイがいました。

「よかったら、つぎの曲、おれと———」

　カイに見つめられ、ミオは、いそいで口をはさみました。

「あ、あの、わたし……きょうは、もういかなきゃならないの。えっと、入江にかえらないと」

「そっか……。それはざんねんだな」

　カイはちょっとさびしそうにわらい、ふし目がちに、いいました。

「今夜は、ほんとにたすかったよ。おれのせいで、母さんのパーティーが、だいなしになるところだった。でも、ミオがいてくれたから、うまくいったんだ」

カイは尾びれをゆらしながら、つづけます。
「ありがとう。妹のルナと、これからもなかよくしてくれると、うれしい」
「もちろん！　わたしもね、きょうはすごくたのしくて……でも、えっと、もういかなきゃ。じゃあ、またね、カイ」
　ミオは小さく手をふり、カイに背をむけて、泳ぎだしました。
　アーチ形の門をくぐります。そっとふりかえると、カイが手をふってくれました。くらい海の中で、城壁があわくきらめいていました。
　ほんとうに、夢のようだった……。
　きらびやかな大広間。ゆうがにおどる大勢の人魚たち。耳のおくには、合唱団のすんだ歌声の

こっています。
　ミオは夢心地で胸をいっぱいにしながら、浜辺にむかって泳ぎだしました。
　しばらくして海面から顔をだすと、空にはもう、一番星が光っていました。

ルナ、ジンクス、カイ、エレナ、シルバー、それにパール。

　みんなのすがたが頭をよぎります。

　さっき、カイはわたしのこと、ダンスにさそってくれたんだよね？　まさか、人魚の王子さまに、ダンスをもうしこまれるなんて！

　ミオは、にんまりしました。

　ながれる黒髪。やさしくミオを見る、茶色のひとみ。カイを思いうかべていると、それがだんだんとジンクスの顔にかわりました。

　ブロンドの髪に、やんちゃな笑顔。力強い尾びれ。ときおり見せる、りりしい横顔。

　どうしてジンクスのこと考えちゃうの？　いっしょにおどったときは、たしかに、すごくたのし

かったけど……。

　海の城でのできごとをひとつひとつ、思いだしながら泳ぐうちに、いつのまにか浜辺が見えてきました。

　ほらね、ルナ、ちゃんとひとりでかえれたよ！
　ミオは心の中でつぶやきました。

　波うちぎわにたどりつくと、魔法のくしで、髪をとかします。とたんに、金色の光があわとともにはじけ、尾びれは二本の足に、海草のキャミソールは水着にもどりました。髪はかわいたままで、今まで海の中にいたのが、うそみたいです。

　ミオはゆっくり立ちあがり、海を見つめました。夕暮れ色にそまり、頭上には月がまたたきはじめています。

今も海のお城では、すてきなパーティーがひらかれていること。そして、ミオもついさっきまでそこにいて、人魚たちとダンスをしたこと。

　サンディ・コーブのひとたちは、夢にも思わないでしょう。

　またあそびにいきたいな。

　水平線をまっすぐ見つめながら、ミオはにっこりほほえみました。

作 ミランダ・ジョーンズ

イギリスのロンドンにすんでいる。海が大すきで、子どものころは夏休みを海辺の町ですごすのがたのしみだった。じつは有名な作家で、ミランダ・ジョーンズは仮名。邦訳作品に、「ランプの精 リトル・ジーニー」シリーズ（ポプラ社）がある。

訳 浜崎絵梨 はまざき・えり

千葉県生まれ、慶應義塾大学卒業。外資系証券会社勤務を経て『おおきくおお～きくなりたいな』（小峰書店）で翻訳家デビュー。訳書に『ときめき☆サプライズ・パーティー』（ひさかたチャイルド）、『おひめさまはねむりたくないけれど』（そうえん社）などがある。

絵 谷 朋 たに・とも

東京都生まれ埼玉県そだちのイラストレーター。挿画作品に「ブラック◆ダイヤモンド」シリーズ（フォア文庫）、「ラブリーキューピッド」シリーズ（小学館）、「プリンセス☆マジック」シリーズ、『トキメキ 精霊の名前うらない』『ワクワク 魔女の誕生日うらない』（以上ポプラ社）などがある。

ミオととなりのマーメイド②
ミオととなりのマーメイド
パーティーは海のお城で。

2017年 12月 第1刷
2018年 9月 第4刷

作 ☆ ミランダ・ジョーンズ
訳 ☆ 浜崎絵梨
絵 ☆ 谷 朋

発行者 ☆ 長谷川 均
ブックデザイン ☆ 岩田里香
発行所 ☆ 株式会社ポプラ社
〒160-8565　東京都新宿区大京町22-1
電話（営業）03-3357-2212（編集）03-3357-2216
ホームページ　www.poplar.co.jp
印刷・製本 ☆ 中央精版印刷株式会社

Japanese text ©Eri Hamazaki 2017 Printed in Japan
N.D.C.933/167P/18cm　ISBN978-4-591-15647-6

乱丁・落丁本は送料小社負担にてお取替えいたします。
小社製作部宛てにご連絡をください。電話 0120-666-553
受付時間は月曜～金曜日、9:00～17:00（祝日・休日は除く）

本書のコピー、スキャン、デジタル化等の無断複製は著作権法上での例外を除き禁じられています。本書を代行業者等の第三者に依頼してスキャンやデジタル化することは、たとえ個人や家庭内の利用であっても著作権法上認められておりません。

P4143002

みんなのおたよりまってます
〒160-8565
東京都新宿区大京町22-1
（株）ポプラ社
「ミオととなりのマーメイド」係
まで